afge

Haas

ANNEMARIE BON & GERTIE JAQUET

krijgt bezoek

the house of books

Kijk nou, wat aardig, een brief!
Van wie zou die komen?
Ik krijg normaal nooit post.

Beste Haas,
Gaat alles goed met jou?
Met mij loopt alles naar wens.
Ik ben je verre neef.
Je weet het misschien nog wel.
Je hebt me vroeger eens gezien.
Het lijkt me zo leuk eens op bezoek
te komen.
Ik kom maandag aan.
Kan ik bij je blijven slapen?
Het is een lange reis.

Haas
Bospad 9

 Ik ken geen verre neef.
Maar een gast is altijd welkom.
Wat schrijft hij in zijn brief ?
Komt hij maandag?
Lieve help, dat is vandaag!

Sneller dan snel poetst Haas zijn huisje.
Hij ruimt alle rommel op.

En legt een schoon dekbed op het bed
voor zijn neef.
Ook zet hij een bosje bloemen neer.

Dan loopt Haas naar de markt.
Daar koopt hij broodjes en kaas en groente.
En in de middag bakt Haas ook een mooie
taart.

 Zo, die verre neef kan komen!

Dag Haas!
Je lijkt geen dag ouder dan vroeger.
Wat leuk om jou weer te zien.

Welkom, Neef!
Ik schaam me alleen een beetje,
want ik herken je echt niet meer.

Ach, je was nog jong.
Daar zal het wel door komen.
Geeft niks, hoor.

Dat is aardig van je.
Kom nu maar binnen.
Kijk, dit is jouw kamer.
In dit bed mag je slapen.
En wil je soms eerst iets eten en drinken?

Misschien wil je graag een lekker fris bad?
Er komt geen warm water uit de kraan.
Maar jij bent zo stoer.
Dat maakt jou toch niks uit?

Heb jij geen warm water?
Dat maakt heel veel uit.
Vooral voor jou!
Jij verdient een lekker warm bad.
Je boft, want ik ben heel handig in klussen.
En voor wat hoort wat.
Jij bent zo aardig voor mij.
Dan ben ik op mijn beurt ook aardig.
Ik fiks warm water voor jou.
Morgen ga ik aan de slag.

Op het dak plaats ik een bak met water.
Die bak is recht boven je bad.
De zon verwarmt het water.
En jij hoeft de kraan maar aan te zetten.

Wat ben jij slim, Neef!

Ik zaag een flink gat in het dak.
Daar schuif ik de kraan doorheen.
Breng jij de bak naar boven?

Ja, Neef.

Nu moet je water halen.
Ik denk wel honderd emmers vol.
Breng ook maar wat lekkers mee.
Voor wat hoort wat!

Komt in orde, Neef.

Help!
Het dak van mijn huisje stort in!

Dan is honderd emmers toch te zwaar.
Maar geeft niks.
Morgen knap ik de schade weer op.
Ik fiks alles voor jou.

Wat een ramp.
Mijn huis is vernield.
Alles staat onder water.

Maar mijn kamer is lekker droog!
Dat is boffen.
Misschien heb jij een tentje?
Dan kun jij daar toch mooi in slapen?

Tja, er zit niks anders op.

Ik rammel van de honger.
Ik lust wel een warme maaltijd.
En iets lekkers te drinken gaat er ook
wel in.
Je weet het.
Voor wat hoort wat.

Deze houten vloer is rot.
Dat komt door al het water.
Er moeten nieuwe planken in.

Wat een puinhoop.
Het komt toch wel goed, Neef?

Wees maar niet bang, Haas.
Ik fiks dat voor jou.
Ga jij maar naar de keuken.
Kook maar zuurkool met worst.
En wil je ook mijn kleren wassen?
Je weet het.
Voor wat hoort wat.

Ben je klaar, Neef?
Kan ik weer in mijn eigen bed slapen?

Nee, ik ben nog lang niet klaar.
Maar ik rust uit van het gesjouw.
Ha, zijn mijn kleren schoon?
Leg maar op mijn bed, Haas.

Ga jij planken voor me kopen?
Dan kan ik daarmee een nieuwe vloer
leggen.

Ja, Neef.
Het komt toch wel goed met mijn huis?

Zeg, wat denk jij?
Je twijfelt toch niet aan me?
Ik ben je eigen neef, de beste klusser van
het land.
Jouw huis wordt een plaatje.
Het wordt als nieuw.

Waarom lig je te slapen, Neef?
Waarom werk je niet?

Geen praatjes, Haas.
Het is een zware klus.
Daar word je moe van.
Over een weekje ligt de vloer erin.
Dan kun jij hem verven.

 Ik?

 Ja, jij!
Het is jouw huisje.
Jij mag ook wel eens iets doen.
Laat die pan eten maar hier.
Wat sta je nou raar te kijken.
Haal liever iets te drinken voor me!

Is de nieuwe vloer klaar, Neef?

Nee, nog niet.
Het zat een beetje tegen.
Ik ben doodop en rust een beetje uit.

Doodop?
Maar je hebt zeker wel trek in iets
lekkers?

Hoe raad je het?

 Zo, Neef, dat is voor jou.
Voor wat hoort wat, zeg je steeds.
Ik ben het daar mee eens.
Jij hebt zoveel vernield in mijn huis.
Jij verdient straf.
En jouw straf is, dat je kunt gaan.
Ik stuur je weg en wil je nooit meer zien.

 Help!
Je moest de planken verven, niet mij!
Ben ik soms niet welkom?
Nou, ik ben al weg, hoor.

Maar Haas, wat is hier aan de hand?

 Ik had een verre neef op bezoek.
Die heeft mijn huisje vernield.

 Nou, van je neef moet je het hebben.
Wat een puinhoop.
Wat een zootje.
Maar waar heb je vrienden voor?
Ik ga je helpen.
Wacht jij maar eens af!

Aan de slag!
Ik hou wel in de gaten of alles goed gaat.

 Wie lust er een glaasje sap?

 Pas op, Mol!

 Ik zie ook niks zonder bril.

Zal ik de muren ook een kleurtje geven?

Zo mooi was mijn huisje nog nooit.

En warm water?

Dat hoef ik niet eens.

Ik vind koud net zo lekker fris.

Ik ben heel blij met mijn huisje.

Maar vooral ben ik blij met jullie.

Wat een lieve vrienden zijn jullie!

Hoe kan ik het ooit goed maken?

Het is al goed, Haas.

Graag gedaan!

Voor een vriend doe ik alles.

Van een vriend hoef ik niks.

Nou, een stukje taart gaat er altijd in.

Beter een goede vriend dan een verre neef.

Zin in meer avonturen van Haas?

Lees dan ook van Annemarie Bon
en Gertie Jaquet:

Het grote boek van Haas

Haas is doodgewoon Haas. Toch maakt hij allerlei avonturen mee. De ene keer is er circus in het bos, dan is er weer een marskramer. En wat is Kip lief! In dit grote boek van Haas vind je voorleesverhalen, knutsels, spellen en twee poppenkast-verhalen, waaronder het verhaal van Worteltjestaart.

Kijk ook eens op *www.hierishaas.nl*
Daar vind je kleurplaten, een recept
voor worteltjestaart, maskers en
poppenkastpoppen om zelf te
maken en je kunt er memory spelen!

ISBN 978 90 443 2666 6
Prijs: € 15,95